AF356117

Vente du Mercredi 7 Février 1883,
HOTEL DROUOT, SALLE N° 5.

TABLEAUX

ÉTUDES PEINTES

AQUARELLES ET CROQUIS

Par Claude THIÉNON père et Louis THIÉNON

GRAVURES, LITHOGRAPHIES

AUTOGRAPHES

EXPOSITION PUBLIQUE

LE MARDI 6 FÉVRIER 1883

DE 1 HEURE A 5 HEURES.

COMMISSAIRE-PRISEUR

Me PAUL CHEVALLIER, Succr de Me CH. PILLET

10, rue de la Grange-Batelière ;

M. CH. GEORGE. Expert, 12, rue Laffitte.

IMPRIMERIE PILLET ET DUMOULIN

Rue des Grands-Augustins, 5, à Paris.

CATALOGUE

DES

TABLEAUX

ÉTUDES PEINTES

AQUARELLES

ET CROQUIS AU CRAYON D'APRÈS NATURE

Par Claude THIÉNON père et par Louis THIÉNON

En France, en Allemagne, en Espagne et au Maroc

GRAVURES, LITHOGRAPHIES

AUTOGRAPHES

DONT LA VENTE AURA LIEU

HOTEL DROUOT, SALLE N° 5

Le Mercredi 7 Février 1883, à 2 heures.

———

COMMISSAIRE-PRISEUR

Mᵉ PAUL CHEVALLIER, Succʳ de Mᵉ CH. PILLET
10, rue de la Grange-Batelière ;

M. GEORGE, Expert, 12, rue Laffitte,
Chez lesquels se trouve le présent Catalogue.

———

EXPOSITION PUBLIQUE : le Mardi 6 Février 1883
De une heure à cinq heures.

CONDITIONS DE LA VENTE

La vente sera faite au comptant.

Les acquéreurs payeront cinq pour cent en sus des enchères applicables aux frais.

L'exposition mettant le public à même de se rendre compte de l'état des objets, il ne sera admis aucune réclamation une fois l'adjudication prononcée.

Paris. — Typ. Pillet et Dumoulin, 5, rue des Grands-Augustins.

DÉSIGNATION

CLAUDE THIÉNON PÈRE

1 — Vues de Clisson et de la Clergy, propriété de M. Lemot.

2 — Trois dessins, vues de Hollande.

3 — Six feuilles, onze dessins, vues du centre de la France.

4 — Huit dessins, panorama de Tivoli.

5 — Six feuilles, sept dessins, vues d'Italie.

6 — Quatre feuilles, cinq dessins, vues des Pyrénées.

7 — Treize vues des Pyrénées et études d'arbres.

8 — Trois dessins, vue de la maison de Lucien Bonaparte, vues du parc de Saint-Leu.

9 — Quinze feuilles, trente-deux dessins, par Claude Thiénon étant soldat à l'armée du Rhin.

10 — Trois feuilles, dessins par Percier et Thibault, architectes.

TABLEAUX

PAR LOUIS THIÉNON

EN PARTIE SUR NATURE

11 — Vue de la place du petit Sok (Marché) et de la grande Mosquée, à Tanger (Maroc).

12 — Vue de la nef principale de la cathédrale de Burgos (Espagne).

13 — Vue de la cathédrale de Tolède (Espagne).

14 — Dans la forêt de Fontainebleau.

15 — Vue du château de Postdam et du moulin de Sans-Souci.

16 — Vue prise à Marbourg; le château et la cathédrale où est enterrée sainte Élisabeth de Hongrie.

AQUARELLES

D'APRÈS NATURE

PAR LOUIS THIÉNON

17 — Vue de la cathédrale, à Troyes.

18 — Tourelle de Henri IV, à Vardes (Normandie).

19 — Cathédrale de Prague. — Murailles de Nuremberg, bâties par Albert Durer (deux dessins sur la même feuille).

20 — Vue prise à Aix-les-Bains ; au fond le lac du Bourget et l'abbaye d'Hautecombe (Savoie).

21 — Fontaine dans la cour du couvent de Lichtenthal, près Bade ; base de la chaire de la cathédrale de Fribourg en Brisgau. Deux dessins sur la même feuille.

22 — Vue du château de Clisson, au bord de la Sèvre.

23 — Cimetière des Juifs et les murs de Tanger (Maroc).

24 — Ruines d'un aqueduc bâti par les Portugais sur
la rivière des Juifs; au fond les côtes de l'Espagne
et l'Océan; route du cap Spartel, près Tanger.

25 — Nef principale de la cathédrale de Burgos.

26 — Vue de l'église de Bourg-de-Batz; au fond
l'Océan.

27 — Ruines d'une porte aujourd'hui détruite à Cham-
béry (Savoie).

28 — Vue du lac et de la ville de Gmunden, prise
d'Ebensée (haute Autriche).

29 — En Bretagne.

3o — A Tanger (Afrique).

31 — Vue du lac et du bourg de Saint-Wolfgang
(haute Autriche).

32 — Vue du fort d'Erenbreitstein, — Moulins sur les
bords du Rhin, à Mayence, — Vue d'une ancienne
église à Cologne, — Cloître de la cathédrale à
Aix-la-Chapelle. (Quatre dessins sur la même
feuille.)

33 — Cinquante-cinq dessins sous verre (138 dessins).
Vues des Pyrénées, de France, de Hongrie, etc.;
costumes, etc.

GRAVURES, LITHOGRAPHIES

DESSINS PAR DIVERS

34 — Sainte Cécile d'après Delaroche, par Forster ;
épreuve avant la lettre.

35 — Une Espagnole avec son enfant, par Raimbach,
d'après Wilkie ; épreuve avant la lettre.

36 — Le Petit commissionnaire, par Raimbach, d'après
Wilkie.

37 — Façade de la cathédrale de Nuremberg.

38 — Vue de Venise, par Miller, d'après Turner.

39 — Le Berger et la mer, d'après le comte Turpin
de Crissé.

40 — Portrait de Rossini, avant la lettre.

41 — Petite fille, par Lawrence, d'après G. Dov.

42 — Le vieux pont de Londres ; le cadre fait avec le
bois du pont.

43 — Eau-forte, par Claude le Lorrain.

44 — Aquarelle, par Thibault; vue de l'église de Sainte-Agnès, près Rome.

45 — Les armes de Hollande, par Thibault.

46 — Deux dessins faits d'après nature au combat de taureaux, par Goya.

47 — Vue d'un temple en Sicile; portrait de Constantin, le marchand de tableaux, par Barbier Walbonne.

48 — Par A. Scheffer, portrait de Rembrandt (copie).

49 — Onze pièces, eaux-fortes par Berghem et autres.

50 — Gravures anglaises.

51 — Eau-forte des Politiques de village, par Raimbach, d'après Wilkie.

52 — Claude Lorrain, de la galerie Britannique, gravé par Goodall.

53 — Le prix de Rémond, gravé par Lemaître; autre gravure par Lemaître.

54 — Cinq gravures, par John Pye.

55 — Trois eaux-fortes, par E. Cooke.

56 — Six épreuves de la maison du duc de Montpensier, à Séville.

57 — Une gouache par Hoüel; le temple de la Sybille, à Tivoli.

58 — Deux eaux-fortes par Canaletti et Piranèse.

59 — Le Diogène et le Polyphème, par Baudet, d'après Poussin.

60 — Costumes arabes et vue générale de Tolède par Dauzats, venant de sa vente.

61 — Dix portraits d'artistes et autres.

62 — Dix lithographies par Isabey père.

63 — Cinq lithographies par Gros, Carle Vernet Guérin.

64 — Douze lithographies par Claude Thiénon père.

65 — Épreuves photographiques.

66 — Environ vingt gravures d'après Wouvermans et autres.

67 — Lettres autographes de Bernardin de Saint-Pierre, parlant de « Paul et Virginie ». — De David, parlant de son tableau du sacre. — De Guérin, parlant de Clytemnestre, de Didon. — Du comte de Forbin.

Toutes adressées à Claude Thiénon.

CURIOSITÉS

68 — Un beau plateau du Maroc, rapporté par Louis Thiénon.

69 — Une étagère et pots du Maroc; Assiettes du Maroc.

OUVRAGES D'ART

70 — Beautés de la sainte Bible, avec gravures.

71 — Douze planches gravées à l'eau-forte par E. Cooke.

72 — La Dame du lac, d'après R. Cook (très belles épreuves).

73 — Dix épreuves, bas-reliefs de la colonne Trajane.

74 — Vingt-cinq photographies d'après Delacroix; sujets d'Othello.

75 — Quelques livres dont une édition de Diderot, et une des œuvres de Boileau, édition du temps de Louis XIV, avec gravures.